밤새도록 이마를 쓰다듬는 꿈속에서

창비시선 480

밤새도록 이마를 쓰다듬는 꿈속에서

초판 1쇄 발행 / 2022년 8월 19일
초판 4쇄 발행 / 2024년 8월 12일

지은이 / 유혜빈
펴낸이 / 염종선
책임편집 / 조용우 박문수
조판 / 박아경
펴낸곳 / (주)창비
등록 / 1986년 8월 5일 제85호
주소 / 10881 경기도 파주시 회동길 184
전화 / 031-955-3333
팩시밀리 / 영업 031-955-3399 편집 031-955-3400
홈페이지 / www.changbi.com
전자우편 / lit@changbi.com

ⓒ 유혜빈 2022
ISBN 978-89-364-2480-0 03810

밤새도록 이마를 쓰다듬는 꿈속에서

유혜빈 시집

창비

무엇이 우리를 사랑에서 끊어내리오?

차
례

제2부

제3부

제4부

제 1 부

한낮의 틈새

여름은 늦고

줄기를 정리해야 하는 사람은
줄기를 정리하고 있다

여름이 늦으면 늦을수록

송이로
떨어지고 있다

송이가 한낮의 틈에 낀다

어쩐지 조금
비켜나 있다

떨어졌어야 하는 곳에서

여름내 마르지 않고

불안과
초조와
조급함으로

지나온 계절로
돌아올 것이다

능소화 한낮의 틈새에 낀다

그대로 계절을 살아남는다

너의 기억보다 오래
너의 기억보다 큰

능소화가

춤

내게 기쁨만을 보여주세요

당신은 매일매일 같은 시간에 나타나 우리는 언덕 위에
일렬로 서서 총을 겨누고 언제나 충분히 죽이지 못해서 그
환한 낮이면 다시

낮마다 언덕을 기어 올라오고
나는 당신을 죽이고
잠을 자고 일어나서 다시
언덕을 기어 올라오고
늘 같은 하루를 살고 당신에게 겨누며
우리는 죽였고 당신은 언덕을 기어 올라오고

내게 기쁨만을 알게 해줘요 당신은 언덕에 올라오고 싶지
만 언젠가 도착하고 싶지는 않고 조금은 발을 멀리 뗀 채로
그래야만 바다에 떠밀려 젖지도 않고 그렇다고 발 딛고 살
아갈 용기는 없는 그렇게 언덕에 닿지는 못한 채로

영원히 언덕을 올라가고만 싶은 사람으로

그렇게 남아주세요

당신이 나를 기억하고 있어요
아둔하게 웃어요 영원히 달려요

BIRD FEEDING

아주 오래된 내가 있어 거리를 헤매다 돌아온 날은 아주 오래된 내가 나를 맞아주고 있어 교복을 입거나 상복을 입고 어떨 땐 발가벗고 있거나 이불 속에 숨거나 의자 밑에 쪼그린 채 나를 기다리고 있어

침대 위로 몸을 숙이면 언니 여기 또 왔네, 언니 여기 또 울고 왔네, 하고 안아주었지 오랜만에 스르르 잠들겠어, 오래된 나는 언니를 끌어안고 언니가 가져온 가장 신선한 우울을 와그작와그작 씹어 먹었다 언니는 항상 얼굴이 눈물로 범벅이었지 언니는 눈물로 범벅이 된 얼굴로 침대에 누워서 그제야 포근하다고 말했다 언니는 포근한 새벽의 품에 안겨 오랜만에 아무 꿈도 꾸지 않았다 내 집이 결국 여기야 나를 다 알아주는 건 너뿐이야, 언니는 중얼거렸다 아주 오래된 나는 언니의 머리맡을 밤새워 지켰다

다음에는 여기 오지 않아도 괜찮아 언니, 입가에 흐르는 신선하고 물컹한 기분을 훔치며 언니의 귓가에 속삭여주었다 언니는 아주 잠깐 포근하다 밤새도록 언니의 이마를 쓰다듬는 꿈속에서

무너지는 기억

새벽 명동에 가본 적 있을까

(밤과 달라 더욱 고요한 곳에서

쓰레기차 돌아다니고 남산 아래 작은 교회는 겨울 속에

있고 새벽은 멀리서 밝아오고 여긴 꼬불꼬불한 길도 없으니

이 길의 끝에 서서 저 길의 끝 바라보고 있으면, 이제 나는

나 있는 곳 어딘지 모르고 밤은 자꾸만 랜드로바로… 그게

뭐야 할머니들이나 신는 거 아니냐고 난 안 신어 그런 거…)

(왜… 이게 좋은 거야 튼튼하고…)

17

믿음의 계보

어떤 날에 갖게 된 믿음

그것은 가지고 있는 믿음과
가지고 싶은 믿음과는 다르다

꽃을 받은 어느 오후에
너는 어떤 믿음을 가지기 시작할 것이다

예쁘다
곧 시들 거야
어쩌면 내일부터 시들어버릴걸
잠든 사이에 점점 초라해지겠지

음
내일은 시들 것 같은데

그새 안부터 썩어 들어갈걸

봐

시들었잖아
내 말이 맞지

너는 온종일 어질러놓은 믿음을
화병에 꽂아줄 사람을 기다리고 있다

비켜선 믿음이 다시 태어나고 있다

카프카의 집

말하는 주전자와 괘종시계가 이곳에 있을까 그의 성에 있
는 촛대와 펜촉과 잉크를 하나둘 세어보았지 생각 없이 시
작한 일이었어 정신 차려보니 내가 가진 모든 것을 세는 일
에 쏟아붓고 있더군 점점 눈앞이 아득해졌다 어디까지 셌
더라?

세는 일을 그만두면 마음이 새어나가는 것만 같아서 무언
가 해야만 했어 무언가 새어나가고 있다는 사실을 적어도
나만은 모르게 하고 싶었지 어딘가에 마음을 부으면

내가 바닥나고 있다는 사실이
소문처럼 들릴지도 몰라

마음껏 부어버리자 무엇이 새어나가고 있는지도 모르는
데 그런 건 아낌없이 부어도 되는 거 아니겠어 내가 무엇을
위해 이걸 쏟고 있더라 말하는 도중에 너는 왜 이걸 시작했
는지 잊어버리고 남은 너를 움켜쥐면 정말 그것이 네가 될
까 조각나는 너를 주울 수 있을까 몇번으로 잡아낼 수 있을
까 몇십번이면 살아내겠니? 너는 속절없이, 무엇이 너인지

무엇이 떨어져 나간 것인지, 너는 계속 흩어지고 있는데

　카프카가 준비해놓았다는 의자 아래 적힌 자음과 모음은
어설픈 글자 흉내를 냈다 아무리 글자를 만들어봐도 다른
것도 아니고
　틀렸다는 것은

　불린 이름이 잘못된 것인지 쓰인 이름이 잘못된 것인지
내가 그 자리에 앉아 있는 것이 잘못된 것인지 모두 잘못된
것인지 아니면 그 어딘가 어설프게 맞거나 어설프게 틀린
것일까?

　내가 나의 이름을 갖고 오지 않은 것이 잘못인 걸까?

　너는 오래전에도 여기에 앉아 있었지 저편의 목소리만이
소문처럼 들려오네 나는 여전히 수를 세는 일에 익숙하지
않고

　카프카가 들어온다 먼 곳에서 언젠가 들어보았던 이름을

들고 돌아온다

카프키가 나를 부른 것이 맞나?
카프가의 손에 들린 이름이 내 것이 아니라면?

성

벽난로 위에 체호프의 총이 걸려 있는 꿈을 꾸었다

눈을 감으면 작은 거실의 안이었는데

의자와 이불로 성을 만들고 있었다

완벽한 성을 만들기에는

어느 날은 의자가 어느 날은 이불이

부족했다

성은 이곳과 저곳을 나누기에 요긴했다

안은 언제나 깊은 저녁이었고

발가락으로 이불을 만지작거리는 날이면

성안에 체호프의 총이 걸려 있는 꿈을 꾸었다

총이 걸린 성의 벽을 향해 걸어가고 있다

꿈의 3막에 이르렀을 때

총성은 울리지 않는다

커튼 내려오지 않고

영원히 떠돌아다니는 꿈결 속이다

깜깜한 이불 밑에 엎드린 나는

영원 속에 있다

본 적 없는 벽난로 타오르고

나는 성의 앞문을 돌아 나오고 있다

기억의 지평 위를 딛는 발걸음이다

햇살이 오래도록

곁을 지키고 있다

파도의 법

　남쪽에서 파도는 자갈 사이로 소리를 낸다는 것. 자갈 숲에 앉아 있으면 어디든 남쪽이었다. 쌓은 적 없는데 쌓인 것들이 널려 있었다. 제 마음대로 무너지고 있었다. 끝내 무너짐으로 쌓이고 있었다. 나 보라는 듯이.

　어른들은 으레 말했다. 도둑처럼 오는 시간이 있다고. 몸이 반이 되고. 목구멍이 좁아지고. 입에 모래가 생겨나고. 혀가 까끌까끌해지는 시간. 그날은 도둑처럼 온다. 아니, 그날은 도둑 같은 소리로 온다. 나 들으라는 듯이. 듣고도 모르라는 듯이. 물 밑에서 자갈은 아무 말 없기로 한다. 깊은 잠 위로 낡은 할머니가 넘어진다. 덜 낡은 엄마가 무너진다.

　여름의 정오에 집을 나서면 물결이 자갈을 쓸고 지나가는 모습이 보였다. 햇빛에 소리가 움큼. 먹히고 있었다. 밤이 되면 먼저 낡은 할머니가 나중 낡을 나를 장판으로 초대한다. 따뜻하니 같이 자자고. 조용하려 애쓰지 않아도 세상이 조용한 시절이었다.

　무너져 밀려오는 것들을 보고 있을 때. 자갈이 쓸리는 소리는 들리지 않는다. 파도의 법이었다. 물결의 소리를 들을 수 있었던 것은 아주 오랜 시간이 흐른 뒤였다. 남해에서 아주 멀어진 뒤였다. 자갈이 동그란 모양을 가지게 될 때까지. 자갈이 물 위로 숨을 쉬는. 길고 지루한 시간의 나선을 따라서. 모든 것이 우리를 지나가고 난 뒤였다.

믿음

기도를 할 때는
침대 위에 무릎을 꿇는다
납작 엎드리는 것도 고개를 쳐드는 것도
이도 저도 아닌
나를 치지만 마시라
그는
이도 저도 아닌 나를 주저앉히고
세운다
나의 나 됨
나의 나 되지 않음
언제부터 두 발로 서 있게 되었는지
나는 모른다
금세 불안해지고
다시 기다려볼까
그가 다시 내 무릎을 꿇리고 손을 내밀기를
그러나 오래 고요했고
나는 제대로 좀 주저앉혀주십사
빌기 시작했다
내가 없어도

그는 그로 있을 수 있는 걸까
발이 부어오르고
그후로도 아주 오래
목이 말랐다

카페 산 다미아노

영원에게 말한 적 있다 시월 마지막 날 정동에 다녀오자
고 돌담길 지나 있는 카페 바깥에 앉아나 있자고 커피나 대
충 시켜놓고 휴지에 아무 글자나 끄적이고 있자고… 아니
가본 건 아니고요 가을에 꼭 가봐야 한다고 누가 그러던데
요… 이름이 산 다미아노… 라는데요… 별안간 그는 잊어버
리자고 만든 약속을 기억해낸다 나는 당황스럽게 풍족해진
다 아무것도 하지 않았는데 무언가가 일어나고 있었다 무언
가 차오르고 있었다 그 무언가가 무엇인지는 알 수 없었다
그것은 영원으로부터 온 것이지만 영원과 상관없다는 사실
만 알 수 있었다 잠시 후 우린 눈 감을 때마다 걷고 있었다
걸을 때마다 길이 생겨났다 조금 멀리 왔구나 알게 되면 영
원은 돌아가야 할 것이다 걸어온 길을 따라 돌아가야 할 테
니 영영 까먹어버리면 돌아가지 않아도 되지 않을까요 일부
러 눈을 자주 문질러주었다 그가 입을 열었다 이 길이 아닌
것 같은데요 아아 그러면 어쩔 수 없이 딴청을 피울 수밖에
방금 만든 노래를 부를 수밖에 영원이 저물어가고 있었으므
로 그에게 마지막으로 말해야 했다 그에게 어울리는 음들을
모아 전하고 싶었다 오늘 꼭 산 다미아노에 가지 않아도 좋
아… 말하는 순간 횡단보도 위에 프란치스코 교육회관 프란

치스코 교육회관 옆 카페 산 다미아노 산 다미아노 선반 위
하얀 커피 잔에 담길 물이 영원히 끓어오르는 소리…

하루의 말

물고기는 어항이 좋다고 했다.

난 어항이 좋아.

물고기가 나에게 헤엄쳐오며 말했다. *난 어항이 좋아. 난 어항이 좋아. 난 어항이…*

알았다구.

꿈에서 이불을 또 덮었다.

꿈에서 깨어났고.

나는 꿈이 하루를 종용한다고 생각했다.

문을 나설 때마다 뒤에서
산소발생기가 일하고 있다.
뽀글뽀글…

물고기가 뻐끔거린다.

뻐끔. 뻐끔거리면.
아침이 오고. 아침이 오면,

물고기를 따라 하고 싶어지지.

난 어항이 좋아.

입은 소심하게 오므려야 해,

고양이가 있는 그림

커튼 앞에 여자 하나 앉아 있다. 여자는 기다리고 있다. 고양이가 술이 여럿 달린 카펫을 지나간다. 카펫 끝에서 고양이 여자의 무릎 위로 올라간다. 고양이가 느릿하게 무릎 위를 지나간다. 여자는 허공에 손을 들고 있다. 고양이 꼬리를 세우고 걸어간다. 손바닥이 고양이 털을 지나간다. 머리는 이미 지나간 뒤다. 등부터 꼬리까지 여자의 손을 쓸고 간다. 오른편 주전자에서 물 끓는 소리 나고 있다. 경쾌하지도 않고 불쾌하지도 않은 휘파람이다. 여자가 휘파람에 집중하는 사이 고양이 내려가고 없다. 여자는 고양이가 언제 내려갔는지 모른다. 주전자 덜그럭거리는 소리 들리기 전에 고양이 그림에서 나와 유유히 걸어간다. 고양이 당신 앞을 걸어오고 있다. 고양이 당신을 바라보며 걸어오고 있다. 고양이 계속 걸어간다.

그 여자의 마당*

언젠가는 너의 마당에 가보고 싶어

그녀가 소리 없이 웃는다

너는 그녀의 마당에 가본 적 있을까? 나는 오래도록 내 마당에 서 있을 따름이야. 내 마당에 멀뚱히 서 있으면, 저 멀리, 그녀의 마당에 자라난 물푸레나무의 가지와 열매, 그런 것들만이 보일 뿐인데, 그녀에 대해 쓸 수 있는 말은 내게 단 한줄도 없는 것 같고,

내가 밟고 있는 여기가 너의 마당이야?

…

왜 물푸레나무는 보이지 않아?

…

너도 가끔씩 내 마당에 오고 있어?

왜 우리가, 속삭이는 목소리와, 여름과, 떨어진 과실과 그 안의 과육과 과즙이, 벌레의 꿈틀거림과 물푸레나무, 물푸레나무의 열매는. 왜 그래야 했던 걸까. 왜 끝까지 자기 자신이어야 했던 걸까. 그건 왜 우리의 마음에 자리를 잡았을까. 나는 그럴 때마다 고개를 젓고 마는데.

이렇게 글자를 늘어뜨릴 때마다 나는. 나의 뒷마당으로 깊숙이 들어서고 있다는 생각이 들어. 그 속에서 하염없이 말하는 거야. 나의 깊숙한 마당 속에서. 여기가 너의 마당이니? 너의 마당은 어떤 모습이니? 나의 마당에는 검붉은 체리가 열릴. 다만 아직 채 자라지도 못했을 뿐인. 나무가 기약 없이 있어. 언제 조금이라도 자랄지. 나무다운 모습이 되기는 할지. 나는 그 검붉은 열매를 볼 수 있을지…

거긴 어떠냐고. 그곳에는 어떤 나무와 꽃이 있는지. 앞뒤로 흔들거리는 그네가 있는지. 넓은 의자가 있는지. 너의 사람들이 자주 놀러 와 너에게 기쁨을 주는지. 어떤 열매가 열리고 있는지.

멀리서 조용히 웃고 있는 물푸레나무와 가지들

* 배수아 「영국식 뒷마당」을 읽고.

Melodramatic Epiphany

달의 그림자와
해가 만나는 날이라고 했다

나는 생일 케이크를 만들고 있었는데

작은 숨도 내쉬지 않고
돌림판을 신중히
돌리고 있을 때였다

실내가 어두워지기 시작했고
밖은 소란스러웠다

나는 돌림판을 돌리고 있었다

사람들이 이윽고 조용해진다
소란이 멎었다는 표현이 적절할 것이다

밖의 시간이 꼭 멈춘 것 같다

케이크가 조용히 돌아간다

지금
생에서 가장 마음에 드는 시간

8월

윤오는 선풍기를 틀고 대자리에 누워 무성하고도 고루한 여름의 수식어에 대해 생각한다. 여름은 사랑이 자라기 좋은 계절 아니던가. 여름은 열매가 맺히기 좋은 계절 아니던가. 윤오는 적당히 미지근한 바람을 맞으며 생각한다. 여름을 맞이한 윤오의 마음속에 사랑이나 열매라고 부를 수 있는 그따위 것들이 존재하는가에 대해 생각한다.

(일관된 이야기가 이어지고 있다 여기서 다른 말을 하면 어떨까 하는 의문이 들고 아니 여전히 윤오의 대자리에 누워 있고 싶어 나는 대답했다)

적당히 느린 바람이 윤오의 이마 위를 스치고 있다. 강아지는 땀을 뻘뻘 흘리며 윤오의 머리맡에 등을 기대 잠들어 있고. 윤오의 머리 위일지 하늘 위일지 모르는 그 위로 윤오의 기억들이 순서 없이, 두서없이 흘러가고 있다. 그 어느 것도 윤오 아닌 것 없고, 어느 것도 윤오랄 것 없는 기억들이었다. 그저 지금 윤오는 이마를 간지럽히는 머리칼의 흩날림, 대자리의 딱딱하고 시원한, 강아지의 두근거리는 심장 소리.

우리는, 어느 여름날에는, 윤오였거나, 윤오를 사랑했거나, 둘 중 하나일 것이고, 부디 그래야만 한다.

제 2 부

미주의 노래

마음은 고여본 적 없다

마음이 예쁘다고 말한다고 해서 그 마음이 영영 예쁘게 있을 수는 없고, 마음이 무겁다고 말한다고 해서 내 마음이 계속 무거울 수는 없는 것이다. 마음은 도대체 그럴 수가 없는 것이다.

그건 미주와 미주라고 생각했던 두 사람이 마주 보고 앉아 다른 책을 읽다가

뒷목 위로

언젠가 미주가 제목을 짚어주었던 노래가 흘러나오고
미주라고 생각했던 사람이 미주를 바라보았을 때
미주만이 여전히 고개를 숙인 채로 노래를 흥얼거리는 것이다

아무리 마음이 따뜻하다고 말해도 미주의 마음이 따뜻한 채로 있을 수는 없단 말입니다. 마음이라는 것은 도무지 없

는 것이라서. 마음이 흐를 곳을 찾도록 내버려둘 뿐입니다.

너는 미주의 노래와 만난 적 없다
미주의 노래는 처음부터 끝까지 미주의 노래일 뿐이다

그런 대화

숨기 위한 말에 대해

나는 때때로 말을 해야 했다

말을 해보란 말이야 무슨 의도로 그런 말을 한 거야 (아니 몰라 몰라 그냥 한 말이라고 이유 같은 건 없는데 무슨 이유를 말하라는 거야)

나는 떠오르는 몇가지의 이유에 대해 생각했다 이유라기보다는 이유라고 하면 좋을 만한 것들 몇가지의 이유가 떠오르다가 다시 땅속으로 처박혔다 그 이유 중 몇가지는 아주 먼 이야기 속에 사는 것들이기 때문이었다 그것들은 뿌리식물 같은 종자라 캐내면 여러가지가 딸려 나오고 만다 지금 나에게는 고구마를 캘 시간이 없다 오직 대답만을 할 시간이!

나는 그럴싸한 이유 하나를 대충 골라서 말했다 (그럴싸한 이유가 되기 위해서는 어떤 먼 과거의 소품과도 연관되어서는 안 되며 긴 설명을 필요로 하지 않아야 하며 상대의

화를 돋우지 말아야 할 것이며 나의 선함과 그럴 수밖에 없
었던 사정 등을 내포하고 있어야 한다…)

그제야 납득이 간다는 표정

그래
이제야 납득이 간다

협력적인 말하기가 성공적으로 끝났다
대단히 상호소통적인 대화였다고 말할 수 있다

Morning Blue

늦게까지 피곤한 날이었어 제정신으로 있으려면, 바빠야 좋으니까 밤새 끼얹은 우울을 벗으려고 한 거였는데, 꿈이 그림자 뒤를 쫓아오고 있는 건 몰랐어, 방심한 죗값을 물어야 했지, 꿈에서도 하루 종일 보초를 서야 했어, 꿈의 밤에는 도둑들이 마당을 다녀가더군, 도둑들은 밖에서 작은 물건들을 집어 가기 시작했어, 마지막 도둑은 마당 안에 들어와 물건을 죄다 가져갔지만, 그것이 무엇인지는 보지 못했어, 모두 종이에 싸여 있더군, 도둑들이 지나간 뒤 한바탕 소란이 찾아왔어, 사람들이 울며 나를 찾았을 때, 사람들이 원하는 보초는 없고 내가 있었지, 나는 붉고 민망해졌어, 도둑이 다녀가고, 아이들이 모두 죽었다고 하더군, 주먹만 한 물건들 그건 아이들이었을까, 나는 가만히 서서 아이들이 아주 커다란 산에 죽은 채로 옮겨지고, 또 묻히는 모습을 보았어, 산 사람의 손에 죽은 사람이 묻히는 모습이 퍽 기이했지, 산 사람과 죽은 사람, 그 사이에서 무슨 차이를 찾을 수 있는 걸까? 꿈속의 나는 슬퍼하려고 애를 썼고, 그제야 조금 슬프다고 생각할 수 있었어.

꿈이 끝나도 좀처럼 깨지 못하는 오전 열한시, 생각보다 눈이 먼저 뜨이는 아침이야, 몸은 아직 몸 아닌 것 같고, 세상에 눈만 동그라니 떠 있지, 꿈이 긴 팔로 땅을 짚고 너를 내려다보고 있어, 이제 그만 일어나야지, 끝난 꿈을 잠들게 해줘야지. 그뿐이지.

모든 안식일

모든 안식일의 나

자는 할머니 코에 손가락을 대보기도 한다

얻어 온 햄스터의 이름을 지으며 울기도 한다

강아지를 처음 데려온 날
강아지의 죽음을 계산해보기도 한다

나는 매일 안식을 취한다
감당할 수 있을 만큼 분할된 고통 속이다

무게가 있는 영혼들의 소원

어떤 날은 내 영혼이 꼭

살아 있는 것 같아

작열하는 태양과 공명하는 살갖

거짓말처럼

내가 살아있다

환호하는 것만 같지

이제는 그저

더는 내가

아니기만을

바랄 뿐인데 말이야

슬퍼하는 방

빨래가 바싹 마른 채로 걸려 있다
흰 셔츠가 가장 빳빳하다

나뭇잎 그림자 사이가 반짝인다

지나간다

세상에서 가장 조용한 것은 햇빛이구나 창으로 햇살이 들
어오고
거실의 불을 켜지 않아도 적당하다 잉어들은 어항에서 헤
엄을 치고 있다 오르락내리락하다가 왼쪽으로 갔다가 다시
돌아 오른쪽으로 간다

그것이 전부다

어항에 물이 가득하다 햇빛은 어항에 쉽게 닿고 어항의
물결이 방을 비추고 있다 물결은 조용히 일렁인다 방을 가
득 채우는 중일 것이다 그동안 아무 소리도 나지 않고 나는
집에 없다

나 대신 슬퍼하고 있니

천둥이 치더니
마른하늘에 번쩍 벼락이 떨어진다

내 방의 얼굴

나는 모르는 표정

도대체 언제

바삭한 크루통

바삭

바삭한 크루통

갓 구워 바삭하게 세상에 나온 크루통

수프 위에 얹으면

곧 눅눅해지니까

언제 먹어야 하지

언제 먹어야 하지

언제 먹어야 하지

넣자마자 먹어야 하나

그렇게 빨리 먹어야 하나

크루통을 올리기도 전에 먹어야 하나

크루통을 올리자마자 먹어야 하나

아니면 덜 빨리

아니면 조금 덜 빨리

언제?

도무지 어느 때를 위해 태어났는지

모르겠는

부유하는 날들

　우리 눈에 아른거리는 것에 흐릿한 것에 너무 멀리 서 있는 것에 한달음에, 달려갈 수 있다면 얼마나, 좋을까 누워 있는, 당신을 생각하다가 홀로 누워 있는, 당신의 얼굴을 생각하다가, 아차 벌써 오월은 지난 지 오래다 이 세상에 당신이 없으니 당연히, 당신의 와병도, 와병의 쓸쓸함도 없을 것인데 왜 나는, 그 집에 당신을 두고 온 것만 같을까

　이제는 당신의 건넌방에서 잠을 잘 수 있다
　티비다이도 티비도 없는 방에서 코미디쇼의 엔딩 음악이 하릴없이 돌아간다

　돌아누운 당신의 무른 등이 보인다

　이리저리 걸친 날들이 쉽게 지나간다

관성

햇빛이 간섭하는 오전

그는 큐브를 이리저리 돌려보고 있다 심드렁한 손짓으로 다 맞춘 큐브를 넘기어준다 나는 그가 걸어놓은 몇가지의 전략들을 떠올리다 말아버리고 조각들을 이리저리 섞어 다시 건네어준다 마치 내게도 무언가의 색다른 법칙이 있는 것처럼 그러다 한번 맞춰볼까 싶은 생각이 들어 몇번 돌려보다 계속하기를 포기하면 그는 내가 엉망으로 지나간 길의 순서를 되감으며 말한다

원래의 모양으로 돌아가려면 몇가지 순서를 기억하면 돼
원하는 색깔을 골라서 먼저……

소파에 앉아 그가 중얼거리는 순서들 중에 귀에 들리는 것만을 주워 담으며 내가 엉망으로 지나온 길로 천천히 되감아가는 큐브는 마침내 똑같은 자리에 똑같은 색깔을 다시 갖게 되었을 때 그 조각들은 자신이 지나온 길을 기억할까 그들은 몇초 전의 자기 자신으로 돌아간 걸까 아니면 더는 이전의 자기 자신일 수 없게 되어버린 걸까

큐브와 시간 햇빛과 표정 순서와 무감각

그런 것들을 떠올릴 때 돌려받은 큐브를 이리저리 돌려갈 때 움직이는 손가락에 닿아 튕겨나는 형광등의 조각들 빛의 조각들이 어딘가로 어딘가로 순서의 기억을 담고 깃들 곳을 찾아

그럼 그것들은 멈추지 않아?
멈추지 않지, 반대의 힘이 가해지지 않는 한

구름과 나

구름 구름 구름

구름 구름

    구름   구름   구름!

구름   구름   리

강아지꼬리구름   끼

    구름   코끼리구름 코

        구름

구름을만질수있다면얼마나좋을까?

구름을만질수있다면얼마나좋을까

구름을만질수있다면얼마나좋을까?

구름을만질수있다면얼마나좋을까

구름을만질수있다면얼마나좋을까?

구름,널만질수있다면얼마나좋을까

구름을만질수있다면얼마나좋을까?

구름을만질수있다면얼마나좋을까?

구름을만질수있다면얼마나좋을까?

구름을피울수있다면얼마나좋을까?

구름을만질수있다면얼마나좋을까

낮에는 움직이는 구름을 보았지
창밖엔 커다란 구름과 이파리들

놀이가 끝나고 난 뒤

자주 밤이 오고 그때마다 고개를 들어야 해요
시작과 끝은 상관없이 늘 지고 있는 기분

선량한 시민과 마피아와 경찰 들 사이에서
의사로 사는 것은
이 세상에서는 꽤 괜찮은 불면이거든요

그냥 쉽게 쏘고 쉽게 무르는 놀이예요

사람들은 처방전의 숫자만큼 나눠주고 뒤섞고 흔들고 맞
추고 그러고 나면 잘 잠들 거예요 할 일을 다 했잖아요? 그
새 이 씁쓸한 입맛의 내용입니다 왜 슬픔 뒤에 오는 것은 과
감한 총격전인가요?

이 도시에 잠이 오고 가는 길목은 놓치 않을 것만 같아요
나는 나 없이도 쉴 틈 없이 잠들고만 싶은걸요

마음은 이 도시보다 큰 것이라서, 매일 울어야 하는 일이
생기는 건 우리가 슬픔을 조금씩 헤아리며 살고 있기 때문

이래요 놀이가 끝나서 모두 집으로 돌아간 뒤에도

나는 어디로 가야 하는지 모르고 있겠지만
오늘은 의사를 맡았으니까요

뜬눈으로 내 역할이 끝나기를 기다릴 뿐이에요

∘. ˚. : ♠ :.˚ ∘

오늘은 그걸 많이 먹었어
그걸 먹는다는 건 초코케이크를 먹는 것보다 더
나를 사랑하는 것 같은
착각에 빠지는 일이지
오묘한 심장의 색을 씹으면
달콤한 과육이 터지는 거야
단단하고 말랑해
나는 그 과육을 씹으면서
씨앗을 골라낼 생각뿐인데
과육을 먹는 생각보다
씨앗을 발견해서 뱉어낼 생각
그 열매를 먹다가 씨앗을 뱉으면
그건 정말 이상했는데
그 열매 안의 열매
열매 안의 다른 열매
이미 열매인 것 안의
곧 열매 될 것

잘 안 들려요 거기 주파수 몇이에요?

저건 머리 감는 나무야
머리를 호수에 드리우고 있잖아

너는 그렇게 말했다

아니야 저건 영혼이 굽은 나무야

나무를 보는 여럿의 눈들

내 이야기를 해줄까요

내가 가진 것들 중
*…번째*와 *…번째*의 이야기를 해줄게요

그 이야기를 들으세요 내가 고른 *지지직*과 *지지직*…을요
그것은 나의 *지지직*…입니다

구두를 벗으라고요?
멈춰야만 끝낼 수 있는 신발인걸요

결국 모든 것이 아니래요

그건 나예요

Fill all my holes!*
(호수 위 파란 조명이 외치고 있다)

나는 어떤 결론에 도달합니다

글쎄……
이건 멈추지 않는 춤인 것 같네요

이제 어디로 가야 하나요?

뒤틀린 뿌리로도 서 있을 수 있나요?

……
나무가 호수에 머리를 드리우고 있다

......

(이윽고 아무 소리도 들리지 않는다)

* 영화 「님포매니악」에서.

고요의 바다

꿈은 어디로 가는 것일까 가만히 누워 잠을 기다리고 있으면 오래된 기억들이 초대를 시작하지 좋은 기억이든 슬픈 기억이든 이미 지나온 길을 거슬러 가는 건 있어서는 안 되는 시간의 일이니 유리 조각을 밟고 지나가는 것처럼 따가울 따름이야 그건 당연한 거야 발이 만신창이인데 피는 흐르지 않는 꿈 나 혼자서만 이게 아프구나 할 수 있는 꿈 손톱으로 아무리 긁어도 자국만 남고 흉터는 남지 않는 꿈

너덜너덜한 발로 꿈의 세계에 들어간다 그곳에서 두 발은 깨끗하겠지 나는 버려지고 쫓기고 두려움에 잠기기도 하며 누군가의 시선 끝에 있기도 하다 내가 들고 있는 사랑이 산산조각 나기도 하고 연인은 하얀 금 바깥에 영원히 서 있을 뿐이다 운이 좋으면 금방 죽임을 당할 수 있다 나는 꿈에서 운 적 없고

잠이 온 것인지 꿈이 온 것인지 나는 모른다
오랜 꿈의 말로는 바다를 보는 것이었지 푸른 바다가 밑으로 흐르며 햇빛에 빛나고 있는 장면 곧 세상이 바다에 잠긴다고 하던가 약속된 시간에 밀려오기로 한 바다를 바라보

는 건 아름답고 다급하고도 평화로운 일이었는데

　밤은 아무도 모르는 비밀 몇개를 끌어안고 가라앉는 배
일까

　지나간 꿈이 쪽지를 남겼나

　나를 보고 나를 기억하라고 *나는 결코 해결되지 않는
것이란다*

낮게 부는 바람

그건 정말이지

한 사람이 한 사람을 잠들도록
한 사람이 아무도 모르게 잠들 수 있도록
이마를 쓰다듬어주는 일이야

늦은 여름 아침에 누워
새벽을 홀딱 적신 뒤에야
스르르 잠들고자 할 때

너의 소원대로 스르르
잠들 수 있게 되는 날에는

저 먼 곳에서
너는 잠깐 잊어버리고
자기의 일을 열심히 하고 있는 사람이 하나 있는데

그 한 사람이 너를 잠들게 하는 것이라는 걸
멀리서 너의 이마를 아주 오래 쓰다듬고 있다는 걸

아무래도 너는 모르는 게 좋겠지

달의 뒤편

눈앞의 사랑이 곤비하다

나는 숙제를 받은 개의 표정이 된다

눈앞의 사랑이 채비를 한다

곧 어딘가로 떠나야 하는 것이겠지

내가 알았던 적 없는 표정으로

알아도 갈 수 없는 나라로

돌아서면 까먹어야 하는

처음 만나는 사람의 얼굴로

뒤늦게 들려오는 소문의 이야기로

눈앞의 등이 낯설어진다

돌아온다는 약속으로 등이 남아 있다

약속한 적 없는 약속으로 남아 있다

언젠간 알게 되겠지

건너편의 등을 쓸어주며 가만가만

속삭인다는 건

......

조금만 가. 가도 조금만 가.

내일 아침이면 돌아오기로 해

돌아오면 안녕. 잘 잤다.

인사해주기로 해

제 3 부

내일은 눈사람의 손을 만들어줘야지

너는 1월의 의자에 앉아 있다. 아직 오지도 않은 눈을 굴리고 있다. 저녁에 온다고 하는 눈을 골똘히 생각하면서. 눈을 굴리고. 또 굴리고 있으면. 눈은 이미 왔으니 오지 않는다. 오지 않음으로 눈이 되고 마는 것들. 오지 않음으로 이미 와버리는 것들은 싫다. 따가움이다. 눈은 오지 않는 내내 따가움으로 내린다. 이윽고 창밖에 눈이 온다. 굴리던 눈이 눈을 만나 녹아내린다. 눈은 지금부터 눈 아니다. 눈 같은 건 싫어버리면 그만이다. 눈 그칠 줄 모르고, 엄마가 너를 데리러 갈까, 묻는다.

검은 별

    나는 모든 다리가 뒤로 묶인 채였어 내 앞발은 너희처럼 양옆으로 나 있지 않은데도 등 뒤로 두 발이 묶였어 나는 너희에게 병원에 데려가달라고 더 사랑해달라고 말하지 않았어 그렇게 묶여서 노란 꽃밭에 버려져 있었어 노끈으로 묶은 짐짝처럼 한 손에 들릴 수도 있었지 턱 밑에 꽃들이 듬성듬성 짓눌렸어 그 꽃은 나도 이전에 냄새를 맡아본 적이 있어 알아 그 위를 뒹굴면 털에 노란 물이 들게 할 수 있어 턱을 땅에 대고서 아무 생각도 하지 않았어 버둥거리지도 않았어 이 시간이 언제 끝날까 그런 생각도, 왜인지 그저 축축하고 노랗고, 찌르르한 슬픔만 느꼈을 뿐이야 내 눈을 봐줘 나는 아무도 원망하지 않아 그 무엇도 너희에게 저지르지 않아

* 2022년 4월 제주도 유채꽃밭에 입과 다리가 노끈에 묶인 채로 버려진 검은 강아지의 눈동자를 생각한다.

그렇게 말하지 마

마음속으로 나쁜 걸 생각하면
사나흘 지나 그 일이 일어나던데

다리가 묶였으면, 비행기가 연착되었으면,
태풍아 불어라!

하고 나는 빌었지

집 밖에서는 화재 경보기가 일하고.
대피하세요…… 대피하세요……

거짓말일 거야.
거짓말일 거야. 이건 거짓말이라고 서너번 믿게 한 뒤에
뒤통수를 칠 거야.

그런 걸 빌면 귀신같이 일어나던데.

내가 빌어서 발이 묶인 사람이
환하게 웃으면서 얘기해줬는데

아버지가 너를 참 사랑하시나봐

아냐, 내가 빈 건······

우린 너보고 기다리라고 말한 적 없어

1

다들 어떻게 보내고 있어. 시간을 말이야. 오늘은 기분이 안 좋았어. 기분이 별로던걸. 할 말도 없고. 풀벌레 날아드네. 타닥타닥. 마침 옆에 촛불 켜 있고. 촛불이 너무 큰 나머지 가운데만 움푹 파이네. 풀벌레 불에 날아들고. 불나방도 아닌 놈이. 타닥타닥. 누가 그래래? 난 그러라고 한 적 없어.

2

방금 미술학원 끝났다. 즐거운 시간 끝났어. 다행이네. 즐거운 시간. 즐거운 시간은 일주일에 두시간밖에 안 돼. 가는 시간 오는 시간도 합치는 걸로 하자. 다들 어떻게 보내. 시간. 즐겁게 못 보냈어. 누가 그래래. 난 그러라고 한 적 없어.

3

시간은 어떻게 흐르는 거야. 어디서 흐르는 거야. 어딜 가야 시간 위에 올라탈 수 있는 거야. 다른 사람들은 시간과 같이 흐르고 있는 거야. 시간 위에 마음이 잘 앉아 있는 거야? 마음 위에 시간이 잘 앉아 있는 거야? 어딜 가야 시간 위에 올라탈 수 있니. 어딜 가야 마음 위에 시간을 올려주니. 언제 마음에서 시간을 떨어뜨린 거야. 예전엔 가지고 있었던 것도 같은데. 예전엔 분명히 가지고 있었단 말이야. 먼저 가지마. 같이 가. 조금만 기다려줘. 나 신발끈 묶고 있잖아. 아니그게 아니라 시간을 떨어뜨렸단 말이야.

난 그러라고 한 적 없어.

신발끈 묶을 때는 우다다 달려가서 너보다 앞서서 묶고있단 말이야. 네가 오는 동안 다 묶으려고 그러는 거야. 근데왜 내가 우다다 갔는데 왜 아무도 없지. 왜 아무도 오고 있지않지.

서울에는 비가 내려

여긴 신호등 앞이에요. 밤낮으로 비가 많이 내렸어요. 손금이 흠뻑 젖을 때까지 내렸어요 금세 후드득, 다 젖었어요. 가만히 비가 내리는구나, 비를 맞고 있으면 머리부터 주르륵하고, 빗방울이, 눈을 지나서 볼까지 주르륵하고, 지나가는 할머니에게 우산을 주세요. 우산을 버리고 비를 맞고 있는 사람은 무슨 생각이에요. 너는 좀 비를 맞아도 돼, 하고 구석까지 밀고 가는 사람이에요? 너는 좀 맞아야 하는 애야. 너는 감기에 좀 걸려도 돼. 흠뻑 앓고 흠뻑 깨어나 다른 사람이 되어야 해. 이 모습으로는 안 돼. 그런 걸까요? 변덕이 많아 비가 내리다 말다 해요. 흠뻑 젖었는데 날씨가 개어버려서, 허망하더라도, 어서 집에 들어가는 게 좋겠어요. 비는 그쳤고, 우산은 다른 곳에 있지만, 당신은 머리 위로 우산을 씌우세요. 내가 당신 마음에 들게 살아볼게요.

주문서

2021:09:21 19:55:32

펜넬차 6.5 [티팟, only Hot]

재료 : 펜넬 씨, 페퍼민트, 감초

[소화불량 해소와 생리통 완화, 노화 방지]

내가 좋아하던 차가 사라졌나봐

오늘 먹고 싶은 걸 고르면 그게 그 차일 거야

어떻게 알아?

저번에도 그렇게 말했으니까

응달

바질, 로즈마리, 유자, 펜넬, 베티버
남이 피우다 만 담배를 한모금 빨았을 때야
천사가 스치고 지나가며 무어라 속삭였지
베티베르 풀, 굽은 등나무와 연보라 꽃, 물안개, 날벌레,
당나귀의 걸음, 소금쟁이와 부들
천사가 이마에 손을 얹고 지나간 다음 날
비약이라고 말해도 소용없지
우린 오래전 무너지고 없는 나라의 말로 지은 이름을 갖
게 된 거야

다른 길

꿈에서 반짝이는 하늘을 보았어 반짝이는 하늘 조금 어둑
하고, 나는 그때 혼자였어서 그걸 누릴 준비 같은 건 되어 있
지 않았지
　꿈속의 나는 먼 길을 가고 있었는데
　쏟아지는 듯 반짝이는 하늘을 같이 올려다봐줘
　그럼 저 하늘 아래 어딘가에서 걸어가고 있을 너도
　기분이 좋아질 텐데

Jazz Chill

*차분한 분위기의 재즈 선율이 선사하는 편안하고 여유로
운 휴식. Jazz Chill과 함께 잠드는 시간. (Apple Music의 에디
터가 정기적으로 업데이트하는 플레이리스트입니다.)*

잠 속에선 모든 것이 쉬고

오늘은 꿈꾸지 않았으면

꿈의 길을 지나가지 않고서도
꿈이 내는 수수께끼를 풀지 않고서도
단잠의 시간에 들어갈 수 있었으면

잠에 든 것도 아닌 것도 아닌 상태로
들리는 음악이 정말 좋다고 생각했다

다시 눈을 감았다가

꿈을 꾸었어
모든 길을 다 돌아 나온 뒤에야 알게 되었지

꿈의 길을 지나 잠에 들어갈 수 있는 것이 아니라
꿈은 잠에서 나오는 문이라는 것을

문을 나와야 안에 있었구나
비로소 알게 되듯이

Blue Room[*]

그녀를 사랑했다

그녀가 입을 벌리고 저 멀리 어딘가를 바라볼 때
그녀가 싫었다

나는 아무 생각도 하고 있지 않아

무슨 생각이라도 하고 있는 거냐고 물어볼 때면 쳐다보지
도 않고 그렇게 말했으니까

그녀는 오지 않는 잠을 기다리며
끊어지는 것들을 꿰고는 했다 미동 없이 한참을 꿰다가

잠에 들어가던 그녀가 말했다

지금 들리는 음악이 좋아

초점을 잃은 채 멍하니 앉아 있을 때
그녀가 싫었다 꼭 모든 것을 포기한 사람 같았으니까

잠에 든 그녀가 중얼거렸다

내게 필요한 건 그저 방 한칸이야
더는 깨어나지 않아도 되는

짙고도 푸른

작은 방

* 쳇 베이커의 노래.

춘분

거기선 아무 일도 없었어. 우중충하고 조용할 뿐. 조급한 마음을 안고 여기에 왔다. 언젠가는 조급하지 않게 여행을 할 수 있겠지. 언젠가는 그런 날이 올 거야. 여행을 하면서 여행을 하게 될 날을 기다렸다. 길가의 아이스크림 가게에서 아이스크림을 사 먹었다. 내가 있는 곳이 어디쯤인지는 잘 몰랐고, 실은 여기가 지도의 어디쯤 있는지도 잘, 그러니 강 근처를 아무 데나 걸었다. 여기에서는 아무 일도 없었고. 오직 오렌지빛 하늘과 구름을 보았다. 이 하늘 밑에서 이 길을 걸으려고 온 거였을까. 한쪽 눈이 부은 사진들이 남아 있다. 비가 내리다 말다, 우중충하고 쌀쌀한 이곳에서, 바스라지는 밀푀유를 조용히 가르고, 복숭아를 흉내 내는 홍차를 마셨어. 밖은 쌀쌀한데, 안은 따뜻하고 평화로워서, 계속 밀려오는 졸음.

마시멜로우 시리얼

　정말로 다. 그러고 싶어. 적당히만 말하고 싶어. 아니면 작게만 말하고 싶어. 세상의 자그마한 누군가에게만 못된 말이나. 묘하게 으스대는 말은 하고 싶지 않아. 은근히 모르는 척하는 말도 딱히 하고 싶지 않아.

　아름답고 싶어. 아름다운 것을 보고 싶어. 아름다워지고 싶어서 행동하고 싶어. 눈에 띄지 않는 조용한 용기를 가지고 싶어.

　그렇게 빛나는 색깔을 가지고 싶었는데

　아무렴 상관없어 힘 빼고 있으면 더 잘 굴러간다는 걸 이제는 알지 그러니

　어린애처럼 그렇게 안달할 필요는 없는 거라고
　무지개 모양 마시멜로우를 골라내며 생각하지

In your eyes

점집에 가보고 싶었다. 우리의 시간 앞에 무엇이 놓여 있는지. 무엇이 우리보다 앞서 지나가 우리를 기다리고 있는지. 나 떠나간 할머니 둘이 뒤에서 서성거리고 있진 않은지. 궁금했다. 그러나 앞으로도 영원히. 점집에 갈 일 없다. 어린 날 촌스러운 방석에 무릎 꿇고 세례 받았으니 갈 일 없다.

점집 단골과 불자를 집에 불렀다. 야야, 궁금한 것도 죄가 된다냐. 점집 단골이 물었다. 하긴 마음이 죄라면 이미 궁금해버렸으니 방도가 없다. 우리는 우리 얼굴의 반 정도 죄스러웠다. 반쪽만 죄스러운 참에 서로에게 신의 말을 전하기로 했다. 너는 이름에 나무를 넣어야 오래 살 상이로다. 저저. 저것은 역마살이 끼었구나!

서로가 각자의 집에 돌아갔다. 여전히 점집에 가보고 싶었다. 앞의 장난은 성에 차지 않았다. 거울을 끌어안고 진짜 신탁을 내리기로 했다. 나는 나를 믿지 않으니 죄가 되지 않을 것이다. 이제 내가 나에게 신의 의중을 묻는 것이다.

오늘의 내가 입을 열자

거울 속에서 어제의 우리가 실눈을 떴다. 어제의 눈동자 속에서 어제의 어제의 우리가 보였다. 수없이 지나온 날들의 우리가 눈을 똑바로 뜨고 오늘의 나를 쳐다보고 있었다.

양달

    간곡한 소원을 들어준다는 굴에 갔다. *욕망하지 않기를 소망합니다.* 소원을 빌자 남자가 나를 쳐다보기 시작했다. (그 남자는 천장에 매달려 있었는데, 소원을 빌자 눈을 떠 나를 바라보았다) 나는 그를 알고 있었다. 나는 아래를 내려다보았다. 내 발이 가지런히 놓여 있었다. 남자는 아무것도 가리지 않고 있었다. 모든 것을 드러낸 채였다. 빛이 쏟아졌다. 도망갈 수 있을까? 나는 도망가야 했다. 눈 감은 채로 눈을 감았다. 쏟아지는 얼굴에게 무엇을 원하냐고 물어보았다. 그는 고개를 저었다.

    안개가 피어오르기 시작하더니

    문득

    공포가 얼룩졌다

두고 온 사람

나는 내리는 비 아래

소나기를 피하겠다고
조금이라도 젖지 않아보겠다고

애초에 괴롭지 않겠다고
그러니 나가지 않으면 되는 거라고
차라리 묻지 않는 사람이 되겠다고

그러겠다고

전력으로 달릴 때마다
나는 알게 된다

저 날씨 끝에 누군가를 두고 왔다는 것

이제는 데리러 갈 수 없다는 것

I am not coming home anymore

손톱으로 밤을 가르면 새벽 한시와 세시 사이의 비명이 떨어져 나와, 머리를 손바닥으로 내리치고 쥐어뜯을 때마다 시원한 기분이 들었어 내게 주어야 할 것을 응당 주는 느낌, 내가 받았어야 하는 것을 응당 받는 느낌, 조그마할 적부터 지금까지, 흘러가는 시간을 느끼고 싶지 않았던 거야 나를 주위로 흘러가는 물결, 살에 닿을 때마다 덴 듯 아파왔으니, 도망치는 심정으로 글자란 글자는 모두 주워다 입에 물었어 이건 모두에게 말하고 싶었기에, 이건 모두가 알아볼 수 없어야 하기에 나는 뒤섞고 흔들고 어질러 말하지 당신이 심장이 뛰는 곳으로 가시라, 자랑스레 내뱉으며 돌아본 곳에는 가지 마, 내가 그러지 말았어야 했어, 내가 그렇게 한 게 잘못이었어, 울부짖는 기억, 하지 않고 포기한 일보다 저지른 일이 뼈를 깎아내는 듯 아팠으니, 모든 삶을 이해받는 데 쏟아부었지만, 결국 너를 도저히 이해하지 못하겠다고 하는, 그 포기의 말 앞에서, 네 이해 따위는 필요 없지 않겠냐고 생각하며, 내게 진정 중요한 것은 안경이 아니겠냐고, 다시 돌아가면 안경을, 그래 그 의자에 앉아서 안경을 사 오라고, 뛰어오는, 헉헉거리는, 숨찬 호흡 앞에서, 이건 맘에 들지 않아, 이건 맘에 들지 않아, 이건 맘에 들지 않아, 그래, 다시 곱씹지, 하지 못했다는 아쉬움보다 내 손으로 저질러버린 패악이 더 뼈아픈 것이라고, 내게 앞으로 더한 거짓이 존재할까, 이 시간 뒤로 더한 슬픔이 내게 존재할까, 그런 말을 입안에 굴리면서 나는 몰라버렸지, 나는 영원히 몰라버린 거다.

제 4 부

레몬그라스

시원한 향이 나는 밤이야

눈 뜨는 순간 감아 들어가는 태엽
수풀 속에 숨어 있던 새를 만났어

너 거기 있구나

너는 조용히 웃어주었지

처음 보는 눈동자에 대고
미안하다고 말했어

그러자 그 날개가
오래도록
잠들 때까지 이마를 쓸어주었지

레몬그라스, 레몬그라스
황금빛 눈의 작고 동그란 새야

부드러운 깃털에 어울리는 노래를 지어주었어 흥얼거리
다 돌아본 곳에는 아무도 없었고

그뒤로 작은 새는 나를 찾아오지 않았는데

미안하다고 하지 말 걸 그랬던 거야

다시 찾아오지 않을 거였다면

불의 꽃
우리는 네게서 아무것도 빼앗지 않아

타오르는 모닥불로부터
충분해질 때까지
곁을 내줄 만큼 커질 때까지
몸을 맡기면
그가 가자는 곳으로 이끌려,
피부로 감아오는 불의 목소리

언제고 내가 될 수 없는 건
계속해서 달라지고 있기 때문이겠지
모래언덕의 언덕을 넘어 있는 곳에서,
얼마가 걸리든 어서 오라던
끝없이
언덕을 오르던 그림자들

나는 아직 잠든 채

모래바람 뒤로, 가장 멀리에서,
흔들리며 춤을 추는 불

플라밍고가 춤을 추는 더러운 호수

콜랭
그 남잔 해변가 돌담에 앉아
노을에 몸을 담그는 것을 좋아했다 몸이 달아오른다나?

그렇게 앉아 있으면 하루에 한번 선홍색 파도가 부서지
는 걸 볼 수 있다고 했는데 아무렴 우리 둘이 그렇게 약속해
놓았으니까⋯ 보고 싶은 콜랭 자꾸만 우리의 집이 작아지는
걸 보아* 가끔 누군가가 누군가를 와락
　안으며 칼을 들이대던 그 골목에서

* 영화「무드 인디고」에서.

Over Bath Time

숨이 막힐수록 도망치는 기분,
아니 다가서는 기분이야.

거기서 나오라고 했잖아.

아니야,
나는 가만히 둬. 여기 있고 싶어.
여기가 안전해.

응,
응,

알아…

욕조에서
나만큼 넘치는 물이

일렁,

눈앞이 아득해질 때면 생각해
여기가 제일 안전한 거야.

여기까지 접는 선

작은, 떨림
울렁거려.

크다.

목 안에서

곱씹는,
지겨운

내가.

길게 말해도 당신의
기분을 거스르지 않을까요,

점점 길게 말해도 괜찮을까요.

혼자 말하지 않아도 될까,
그래도 될까요.

나.

더는 짧아지고 싶지 않아요.

무너지는 세상에 같이 있어요

오늘은 모두와 함께 있어요. 어제도 모두와 함께 있었어요. 그제도 함께 있었는데. 사람들 나를 이상한 눈으로 쳐다보아도, 그 자리에 왜 네가 있냐고 화를 내어도, 시간은 계속이라는 말이니까요.

매일 나는 유리창 밖에, 방 안에, 방 밖에, 플라스틱 박스 안에. 나는 들어간 적 없는데 누가 자꾸만 넣어놓나요? 누가 선 그어놨어요? 나라고 하면 화낼 거예요. 우리 거기선 진지한 얘기만 해요. 내 얘기가 안 들리는 걸지도 몰라요. 선이란 그런 거예요. 그 안에서 나 그래도 책임감 있는 사람이에요. 선 넘어가면 다들 화나니까요.

그나마 즐거웠던 건 그저께, 세상이 무너질 때 모두와 함께 있었어요. 곧 세상이 무너진대도. 바다가 덮쳐온대도 농담이나 하고 있었어요. 손잡고 있었어요. 선 같은 건 내 세상 밖에 있던데요. 아무래도 그런 건 밖에 있는 게 좋겠어요. 무너지는 세상에 같이 있어요. 아무도 긋지 않은 선 위로 넘어오세요.

흰 것들에게

차가운 스테인리스의 느낌, 손가락 아래 서리는, 그 위에 세마포, 그 위에 가장 사랑하는 이의 하얗게 질린 몸, 그 위에 가장 사랑하는 이의 얼굴을 차례차례 눕히면서, 입을 가지런히 모은 그 얼굴들을, 가지런히 모인 그 손가락들을

아무 일도 일어나지 않는 고요 속에 누워 가만히 상상하면서

(어째서 너를 사랑하게 된 걸까 언제부터 너를 안고 있게 되었을까 엄마의 배 속에서부터 내게 안겨 있었을까 세상에 나온 내가 첫 숨을 들이켤 때 너를 그렇게 소중히 감싸 쥐고 나온 걸까 네가 잘 있는지 아직도 내 곁에 살아 숨 쉬는지 나와 함께해주고 있는 건지 역시 지금 내가 혼자가 아니어도 되는 건지 그런 것들을 확인해보기 위해서 그래서 아직도 베개 밑에 너를 움켜쥐고 있는 걸까 이제 나는 너 없이도 너를 만들어낼 수 있는 걸까)

자유가 있는 숲길 1

안개 가득한 숲길에서 보았어요. 숲으로 갈수록 박자는 빨라져요. 가자. 가자. 외치는 숲길. 신발을 거꾸로 신고 숲길을 뛰어다녔어요. 디디면 디딜수록 꺼지는 땅에 서 있어요. 꺼지는 땅을 밟고 서 있어요. 여기서부터 나의 땅이에요. 꺼지는 땅에 서 있는 기분을 아세요. 꺼지는 땅에 서 있어도 밟을 곳이 있다는 마음. 그걸 안심하는 마음이라고 불러요. 부들부들 떨리는 다리로 서 있어요. 지겨워도 꾹 참고 잘 왔어요. 우린 좋은 친구가 될 수 있겠어요.

여기까지 왔을 때. 이끼가 드문드문 있고 깊어갈수록 침엽수가 많아지는 숲,이라고 생각하셨나요. 그럴 리가.

이 숲은

아주 빨갛고

노랗고

주황색이 많은 숲이에요. 마른 잎이 널려 있고 그 위로 아

주 작은 불씨가 타오르는 숲,이에요. 수도 없이 많은 불씨가
붉게 타오르고 있는 숲이에요.

  여긴 그런 곳이에요. 좋은 친구라니 고마워요. 곧 다시 돌
아가야 할 거지요. 조금의 바람만 있으면 불씨는 꺼지지 않
는다는 것을 배워가요. 그 마음을 가져가요. 그 마음을 데워
가요. 온 길로 돌아갈 수는 없겠어요. 그런 길은 이제 없을
테니. 조심히 돌아가기를 바라요.

자유가 있는 숲길 2

숲이 버린 것들은 내가 될 거야
까맣다 못해 새하얀

나는 불의 시간이야

타오르는 모양은 바람의 모습이야
흩날리는 불씨의 시시각각
그건 나의 얼굴이야

불길 타오르는 옆에서는 점박이 꽃이 피어 때맞춰 가루가
노랗게 흩날리고 다시 옆에서 불이 타오르고 불이 옮겨붙고
너는 그것을 고요히 보고 있구나 하얀 길을 지나 내가 앞서
걸어가는 것을

뭐 하려고 여기까지 왔어 나에게 물은 적 있지
내가 대답하기 시작하면 세상에는 까맣고 하얀 길이 또
하나 생겨나겠구나 나는 길의 한발자국만큼만 앞서서 낙엽
을 태우고 나무를 쓰러뜨리고 다람쥐를 도망가게 하지

너를 위해 대답을 할 건데

내가 입을 열 때 너는
내 속에서 꿈틀거리는 심장과 혈관들을 보겠지만

그럼에도 들을 수 있다면

자유가 있는 숲길 3

잠에 들었다
먼저 잠든 사람들을 생각하다가

수없이 많은 눈길 속을 거슬러 도착한

자유의 열매가 열린다는 숲에서

맨발로 걷는 사람들

(그곳을 걷다가

서로의 눈동자 속에서
우리 스스로를 발견했을 때
그건 너무 많은 물감을 씻어낸 물통 같아서

바라보면 바라볼수록

구정물에 영혼이 풀리는 기분이 들었다)

숲에서는 많은 열매가 열리기 시작했고

사람들은 언덕에 떨어진 자유를 주울 수 있었다 사람들은
자유로 신을 엮어 신었고 그 자유를 먹고 마시고 바르고 흩
뿌리고 그 위에서 뛰어놀기도 했다 그뒤로

발이 부어오르는 일
갖은 생채기가 나는 일 따위

더는 없었지만

자유를 주우러 발 디딜 때마다

자유를 으깨어 마실 때마다

자유를 엮어 신는 것에서 자유를 먹고 마시는 것에서 바
르고 흩뿌리는 것에서 그 위에서 뛰어노는 것에서 결국에는
그 모든 것으로부터

멀어지고 있었다

멀어질수록 멀쩡해지는 사람들

나는 다시 눈을 뜨고
침대에 누워
주워 온 열매들을 헤아려본다

신발을 신고 잠든 오후였다
이미 그 숲에서 멀리 있다

조각배

낮달

나는 너의 포근한 솜털 나는 민들레 홀씨의 무게 나는 네가 누워도 좋을 꽃잎 무덤 나는 네가 간밤에 잃어버린 낮의 얼굴

별의 길

나는 하늘을 떠받치는 거인, 하늘 아래 작은 사람들이 그런 이름을 지어주었어, 별의 길을 따라 흐르면 서쪽 하늘에는 페르세포네가, 저 눈 앞에는 아폴론의 아들과 그의 뱀이, 닿지 않는 것에 서러워 마라. 흐르는 것들은 모여 우리 안에 고인단다. 고이는 것들을 모아두려고 우린 오래도록 있었지. 사람들은 아주 오랜 시간을 살 수도 있더구나. 우리가 그들을 기억하는 동안에 말이야.

여우꼬리 식물의 발자국

붉은

여우

꼬리

　살랑

나를 봐

안녕

나비

벌

잠

나를 봐

문밖에 살랑

Psalms

나 걷는 걸음이 마르지 않는 것은
내가 당신의 수없이 많은 빛깔 중 하나이기 때문이에요
처음부터 내 것이 아니었던
그 눈물 모아 당신의 아름다운 그림을 그리세요

다른 이야기

오후 일곱시,
다시 콜랭에게

콜랭, 함께 있기 위해서
함께 있지 않아야 하는 건

어느 나라의 장난일까?

차분한 용기

박상수

1. 한낮의 틈새, 능소화

한여름의 능소화. 골목 모퉁이에서 순간의 적막과 함께 능소화 넝쿨을 만났을 때의 환한 감각에 대해서라면 차곡차곡 해보고 싶은 말이 많다. 푸른 잎새들 사이로 작은 나팔처럼 생긴 꽃, 안쪽의 주황색과 더 화려한 바깥쪽의 적황색이 어우러져 뿜어내는 여름의 선명한 생기. 지상의 일들을 잠시 잊고 그 곁에 머문다.

옅은 한숨과 함께 고개를 숙여 바닥에 떨어진 꽃봉오리를 세다보면 거기 마음을 겹치게 되고 곧이어 느끼게 된다. 능소화가 시간에 균열을 만들어내고 있는 것 같은 이상한 감각을. 다른 세계로 들어가는 표지판처럼 꽃은 시들지 않고 "그대로 계절을 살아남"아 시간의 틈새를 영영 다물지 못하게 만드는 일들이 벌어지고 있음을(「한낮의 틈새」). 빈티지 축음기에 달린 황동 나팔에서 들려오는 것 같은 희미한 물결 소리, 밀물 소리. 과거는 지금과 이어지고, 묻어둔 오랜 기억과 함께 깊은 여름 안에서 떨어진 능소화 봉오리는 시들지 않고 점점 더 짙어진다.

유혜빈의 첫 시집을 읽는 일은 시간의 균열을 통해 발견한 과거의 뒷마당과 연결되는 일이기도 하다. 뒷마당에 묻힌 기억의 정체는 쉽게 드러나지 않고 시인이 섬세하게 배치해놓은 시편들을 따라 레이어를 달리하며 조금씩 겹치고 암시된다. 아무도 다치지 않기를 바라며 자신의 상처와 존재를 들여다보는 선량한 일에 대해 말해보고 싶다. 차분한 용기를 내어 스스로를 위로하고 끝내 자유를 향해 움직여나가는 일에 대해서도. 지금부터는 이 마음의 움직임에 관한 주황색, 적황색의 이야기를 펼쳐보려 한다.

2. 꿈, 버려진 아이

한적한 카페 야외 테이블에 앉아 커피 잔에 담길 물이 끓어오르는 소리를 상상해보는 오후(「카페 산 다미아노」), 한 여자의 손을 스치며 고양이가 지나가는 순간의 풍요로운 감각(「고양이가 있는 그림」), 달과 해가 겹치는 일식의 순간에 시간은 멈추고 돌림판을 신중하게 돌리며 생일 케이크를 만드는 사람의 행복감이 담긴 시(「Melodramatic Epiphany」)를 읽으면 이 시인이 산뜻하고 감각적인 '젊은 시'를 쓰는 사람임을 대번에 확인하게 된다. 이런 시편들의 아늑하고 평화로운 느낌을 간직하며 시집을 읽어나가다 보면 이 시집에 유독 '꿈 이야기'가 많이 등장한다는 것을 알 수 있다.

유혜빈의 시집을 읽는 방식에는 여러가지가 있겠지만, '꿈'에 집중하여 시집을 따라가보면 어떨까? 곳곳에서 시적 화자는 뒤척이며 잠들지 못한다. 꿈 없는 깊은 잠을 간절하게 소망하지만 뜬눈으로 아침을 맞이하거나 잠이 들었다 해도 여지없이 찾아오는 꿈 때문에 무언가에 지속적으로 시달리는 것처럼 보인다. 특히 꿈속에서 화자는 '어린 시절의 오래된 기억'이 침범해오는 것을 경험한다.

꿈에서도 하루 종일 보초를 서야 했어, 꿈의 밤에는 도둑들이 마당을 다녀가더군, 도둑들은 밖에서 작은 물건들을 집어 가기 시작했어, (…) 모두 종이에 싸여 있더군, (…) 도둑이 다녀가고, 아이들이 모두 죽었다고 하더군, 주먹만 한 물건들 그건 아이들이었을까, 나는 가만히 서서 아이들이 아주 커다란 산에 죽은 채로 옮겨지고, 또 묻히는 모습을 보았어, (…) 꿈속의 나는 슬퍼하려고 애를 썼고, 그제야 조금 슬프다고 생각할 수 있었어.

—「Morning Blue」부분

꿈은 어디로 가는 것일까 가만히 누워 잠을 기다리고 있으면 오래된 기억들이 초대를 시작하지 (…) 발이 만신창이인데 피는 흐르지 않는 꿈 나 혼자서만 이게 아프구나 할 수 있는 꿈 손톱으로 아무리 긁어도 자국만 남고 흉터는 남지 않는 꿈

(…) 나는 버려지고 쫓기고 두려움에 잠기기도 하며 누군가의 시선 끝에 있기도 하다 내가 들고 있는 사랑이 산산조각 나기도 하고 연인은 하얀 금 바깥에 영원히 서 있을 뿐이다 운이 좋으면 금방 죽임을 당할 수 있다 나는 꿈에서 운 적 없고

(…)

나를 보라고 나를 기억하라고 *나는 결코 해결되지 않는 것이란다*

—「고요의 바다」 부분

두편의 시는 모두 죽음과 버려짐에 관한 이미지를 드러내지만 표면적으로는 격렬한 울음이나 슬픔 없이 담담하게 끝나는 것처럼 읽힌다. 하지만 그것이 전부는 아니다. 되짚어 읽어보면 '소리 없는 흐느낌' 같은 것이 감지된다. 시 제목 'Morning Blue'를 맥락상 '아침 우울'이라고도 옮길 수 있

을 첫번째 작품을 먼저 읽어보자.

화자는 종일 고단한 일정을 소화하고 잠을 청한다. 깨어
있는 시간에도 수시로 자신을 침범해오는 어떤 기억 때문
에 화자는 강박적으로 바쁜 일정 속에서 스스로를 던져놓는
것 같다. 바쁘고 정신이 없어야 기억의 침범으로부터 조금
은 자유로울 수 있기 때문일까. 그러니까 유혜빈의 시적 화
자는 끊임없이 자아의 일부를 동원하여 무언가를 막으려고
애쓰는 셈인데 꿈에서도 그러한 행동은 "하루 종일 보초를
서"는 장면으로 이어진다. 문제는 보초를 서는 일이 무의미
하다는 데에 있다. 도둑들은 거리낌없이 마당 안으로 들어
와 '종이에 싸인 작은 물건들'을 가져간다. 그것이 '아이들'
이었음은 나중에 밝혀진다. 살아 있는 사람들에 의해 '죽은
아이들'은 커다란 산에 묻힌다. 아이들은 어떠한 저항도 소
리도 없이 죽임을 당한 것이다. 시는 사건과 정서가 분리되
어 차분하고 고요한 가운데 전개된다. 잠에서 깨어나 맞이
한 아침은 여전히 우울할 수밖에 없다.

시집 전반에 드러나는 화자의 우울감은 반복되고 변주되
는 저 유년의 이미지와 연결되어 있는 듯하다. 두번째 작품
역시 잠을 청하는 장면으로 시작하는데, 이번에도 깊은 잠
대신 "오래된 기억들"이 찾아오고 "발이 만신창이"가 되는
아픔을 동반한다. 꿈의 내용은 첫번째 작품처럼 구체적인
이미지로 부각된다기보다는 화자가 "버려지고 쫓기고 두려
움에 잠기"는 것으로 그려진다. '버려진다'는 표현이 기억

에 남고, 화자가 타인과 연결되지 못하고 분리되어 있다는 사실 또한 선명한 인상을 남긴다. 화자는 "누군가의 시선 끝에 있"고, "연인은 하얀 금 바깥에 영원히 서 있"다. 연약하기만 한 화자의 곁에 누군가 의미있는 타인이 존재한다면 좋겠지만, 좁힐 수 없는 거리를 사이에 두고 사랑하는 누군가는 저 멀리에 존재하고, 화자 역시 타인의 시선 끝에 서 있을 뿐이다.

좁힐 수 없는 거리를 감각하면서도 화자는 "운이 좋으면 금방 죽임을 당할 수 있다 나는 꿈에서 운 적 없고"라고 말하는 것이 고작이다. 죽음을 떠올릴 정도의 슬픔이라면 (계속 살아서 저 기억의 침범으로 오래 고통받는 것보다는) 차라리 빨리 죽임을 당하는 것이 운 좋은 것일 수도 있지 않겠냐는 무서운 생각이 읽혀 고개를 가로젓게 되지만 이번에도 사건과 감정은 분리되어 있어서(혹은 화자의 분리하려는 노력 때문에) 이 꿈들은 차분하고 고요하게 제시된다. 그럼에도 오래된 기억은 쪽지를 남기고, 그 쪽지에는 "나는 결코 해결되지 않는 것이란다"라는 말이 적혀 있다.

결국 첫번째 시와 두번째 시를 중첩하여 읽으면, 아무리 막으려 해도 (죽음을 떠올리게 하는) 유년의 기억은 다시 찾아오고, 그것은 '혼자 남음' 즉 '방치' 혹은 '버려짐'과 관련이 있는 것 같으며, 그때 주변에는 지지와 사랑을 확인하게 해줄 타인이 하나도 없었기에 절망적인 외로움만이 강렬했고, 결국 이것이 성장한 이후에도 화자에게 가장 중요한 '해결되지 않는 문제'임을 짐작해볼 수 있다. 감각적이고 싱그러운 시편들 가운데 '버려짐'과 '홀로 남음'을 담아낸 시편들이 특히 인상적인 것은 상상 속 뒷마당에 홀로 앉아 있는 화자를 떠올리게 하는 작품(「그 여자의 마당」) 때문이기도 하고, "모든 삶을 이해받는 데 쏟아부었지만, 결국 너를 도저히 이해하지 못하겠다고 하는, 그 포기의 말 앞에서"(「I am not coming home anymore」)와 같은 구절 때문이기도 하다. 가장 가까운 사람에게조차 이해받지 못한 화자는 홀로 버려진 것 같은 기분을 느낄 수밖에 없었으리라. 모든 것이 실제 현실이 아니라 심리적 현실이라고 해도 그 중요성이 반감되는 것은 아니다. 어디선가 이런 목소리가 들려오는 것 같다. '버림받았던 기억은 고요의 바다에 가라앉은 것처럼 보이지만 이내 되돌아올 거야, 파도처럼 물결처럼……' 이처럼 '버려짐'과 '사랑하는 사람의 부재'는 쓰려고 해서 쓰는 것이 아니라 밀려와서 쓸 수밖에 없는, 이번 시집에서 가장 중요한 테마처럼 읽힌다. 우리는 이런 대목 때문에 유혜빈의 시를 읽으며 손과 발이 차갑게 저리고, 해결할 수 없는 아픈 마음이 된다.

3. 몇겹의 견딤

유혜빈 시의 짙은 서정성이 발원되는 그늘진 뒷마당이 여기에 있다. 이런 마음의 끝에 도달할 수 있는 것이 「검은 별」과 같은 작품이리라. 검은 두 눈과 코, 흐드러진 유채꽃밭에 떠 있는 검은 별 세개. 어둠이 찾아와도 거기 지워지지 않을 것 같은 검은 별 세개. 누구에게도 해를 끼치지 않는 이 착한 생명의 빛. 이 작품의 모티브가 된 '제주도 강아지 학대 사건'은 SNS를 통해 널리 알려진 바 있다. 천만다행인 것은 버려지고 오랜 시간이 지나지 않아 강아지가 구조되었다는 점이다. 나중에야 근처 유기동물 보호소에서 보호하고 있던 아이였음이 밝혀졌는데, 보도를 종합해보면 우연히 보호소 바깥으로 나왔다가 누군가에게 그런 끔찍한 일을 당했던 것으로 추측된다.

자신보다 약한 생명에 대한 인간의 잔혹성을 생각해보게 하는 이런 일 앞에서 우리는 어떤 자세를 가질 수 있을까. 현실과 작품의 상호작용 속에서 '복잡한 심사로 「검은 별」을 읽게 되는데, 거듭 시를 읽으며 한없이 차분한 슬픔에 사로잡히게 되는 것은 이런 구절 때문이다. "턱을 땅에 대고서 아무 생각도 하지 않았어 버둥거리지도 않았어 이 시간이 언제 끝날까 그런 생각도, 왜인지 그저 축축하고 노랗고, 찌르르한 슬픔만 느꼈을 뿐이야 내 눈을 봐줘 나는 아무도 원망하지 않아 그 무엇도 너희에게 저지르지 않아"(「검은 별」).

절대적이고 때로는 가학적인 힘을 가진 인간에게 한번 해보지 못하고 무력하게 당할 수밖에 없었던 강아지의 슬픔이 생생하게 전해진다. 그런데 강아지는 결코 울부짖거나 분노를 드러내지 않는다. "나는 아무도 원망하지 않아 그 무엇도 너희에게 저지르지 않아"라는 말 속에는 가해자를 향한 단죄와 반어적인 책망이 얼마간 담겨 있다고 할 수 있겠지만 '당신은 나를 버렸지만 나는 당신을 미워하지 않아요. 그걸 되돌려줄 생각도 없어요. 나는 무해해요'라는 뜻도 숨어 있는 것 같다. 즉, 슬픔 뒤에는 무력함이 숨어 있고, 무력함 뒤에는 그럼에도 다시 사랑을 갈구하는 복잡한 마음이 숨어 있는 것 같다는 말이다. 인간은 강아지를 버릴 수 있어도 강아지는 인간을 버릴 수가 없다. 다시 선택받기 위해서 강아지는 자신이 얼마나 착한지, 얼마나 무해한지를 바로 자기에게 상처를 입힌 그 인간들에게 인정받아야 한다.

그 마음의 굴레를 생각한다. 몇겹의 견딤을 떠올린다. 저 강아지의 자리에 유혜빈의 시적 화자도 강렬하게 얽혀 있다. 따라서 원망하고, 소리치고, 화를 내고, 아픔을 호소하고, 더없이 간청하는 일이 유혜빈의 시에는 드물다. 그의 시적 화자는 원망하지 않으려 애쓰고, 소리를 내지 않기 위해 노력하고, 담담하게 말하고, 아픔을 속으로 삭이고, 간청하기보다는 차분하게 행동하면서 자신의 무해함을 증명하기 위해 애쓴다. 실제 경험하는 감정과는 반대의 모습을 유지하기 위해서는 얼마나 고된 노력을 해야 할까. 예를 들어 타인의 언어가 강요나 폭력이 되어 밀고 들어오는 순간에도 타인의 기대를 충족시키기 위해 자신의 언어를 최대한 상대의 욕망에 들어맞도록 굴절시키는 장면(「그런 대화」)이나,

친구와 같이 가려고 미리 앞서 달려가서 신발끈을 묶고 친구가 오기를 기다리지만 오히려 '그러라고 한 적도 없는데 왜 그러냐'는 핀잔을 듣는 장면(「우린 너보고 기다리라고 말한 적 없어」)이라든지, 우산 없이 비를 맞고 걸어가면서 끊임없이 스스로를 '비를 맞아도 되는 사람' 혹은 '맞아도 되는 사람'으로 가혹하게 몰아붙이고는 "내가 당신 마음에 들게 살아볼게요"라고 중얼거리는 가슴 아픈 장면(「서울에는 비가 내려」)들은 모두 버림받지 않기 위해 애쓰는 작은 아이가 여전히 시적 화자의 내면에 생생하게 살아 있음을 확인하는 장면들로 이해된다.

이미 기울어진 관계에서 어떤 약자는 고통의 책임을 고스란히 자신에게 돌릴 수밖에 없다. 미움받고 거절당해도 분노할 수 있는 대상은 자기 자신뿐이기 때문이다. 사랑에 목마른 사람은 사랑에 취약한 사람이기도 하다. 더 사랑받고 싶은 사람은 자신의 모든 것을 상대에게 주고, 자신을 희생해서라도 관계를 유지하려 애를 쓴다. 삶은 그래서 더 힘들어진다. 이렇게 해야 상대가 자신을 버리지 않고 곁에 있을 것이라고 믿기 때문이리라. 표면적으로는 담담해 보이겠지만 관계를 지속하기 위해, 혹은 버림받지 않기 위해 화자는 그야말로 사력을 다해 애쓴다. 결국 유혜빈의 시적 화자가 왜 조용함과 차분함을 갖추게 되었는지를 알 것만 같아서 우리는 먹먹한 마음이 된다.

눈앞의 사랑이 곤비하다

나는 숙제를 받은 개의 표정이 된다

눈앞의 사랑이 채비를 한다

곧 어딘가로 떠나야 하는 것이겠지

(⋯)

눈앞의 등이 낯설어진다

돌아온다는 약속으로 등이 남아 있다

(⋯)

건너편의 등을 쓸어주며 가만가만

속삭인다는 건

……

조금만 가. 가도 조금만 가.

내일 아침이면 돌아오기로 해

돌아오면 안녕. 잘 잤다.

인사해주기로 해

──「달의 뒤편」 부분

인용시는 유년이 아니라 비교적 현재에 가까운 어느 시절의 '사랑'과 '헤어짐', 그리고 '버림받음'에 관한 쓸쓸한 작품으로 읽힌다. 눈앞의 이별이 어떤 말로도 회복되지 않을 것처럼 느껴질 때 우리는 무얼 할 수 있을까. '곤비하다'는 '아무것도 할 힘이 남아 있지 않을 정도로 지치고 고단하다'는 뜻이다. "눈앞의 사랑이 곤비하다"라니, 어떤 사랑을 해야 저렇게 완전하게 고단해질 수 있을까 작은 한숨을 내쉬어본다. 그런 사랑 앞에서 화자는 달의 앞면이 아니라 뒤편을 마주한 것처럼 사랑이 등을 돌리고 이미 떠났음을 안다.

인상적인 것은 상대의 등을 마주하고 있는 화자가 하는 행동들이다. 그저 상대의 등을 가만히 쓸어주면서 조용히 "조금만 가. 가도 조금만 가.//내일 아침이면 돌아오기로 해//돌아오면 안녕. 잘 잤다.//인사해주기로 해"라고 속삭이는 것이다. 이런 일이 가능할까. 내일 아침이면 이별한 연인이 돌아오는 일이. 돌아와서는 "잘 잤다. 넌 어때. 잘 잤어?"라는 말을 해주는 평범하고 일상적인 일들이. 이 시에서도 역시 화자는 원망하거나 소리치거나 호소하거나 간청하지 않는다. 차분하게 행동하며 무해한 바람을 말해볼 뿐이다. 그래서 중요해지는 것이 바로 "등을 쓸어주"는 행동이다. 그저 같이 있는 어떤 삶이 평범하게, 단순하게, 오늘처럼 내일도 반복되기를 바라는 지극한 마음이 쓰다듬는 행위로 나타난다고 할까. 바로 여기에서 화자는 깊은 슬픔에만 머무는 것이 아니라 관계의 회복을 위한 작은 꿈을 꾸기도 한다. 슬픔 곁에 가장 아름답고 로맨틱한 감각적 이미지가 싹튼다. '쓰다듬는 일', 바로 촉감에 사로잡히는 일이 그것이다.

4. 누군가 곁에 있다는 신호 ── 쓰다듬기

이제 우리는 유혜빈의 작품에서 가장 중요한 감각과 만난다. 간추려 말하자면 촉감은 타인과의 관계가 근접해서 이루어지고 있다는 가장 확실한 신호이다. "아기는 자신이 안전하다는 증거를 감지하기를 원한다. 아기가 감지할 수 있는 증거란 바로 다른 사람 신체와의 바람직한 접촉, 자신을 안심시켜주는 접촉이다"*라는 문장은 어떤가. 타인의 돌봄

* 애슐리 몬터규 『터칭』, 최로미 옮김, 글항아리 2017, 328면.

없이는 생명을 유지할 수 없는 연약한 존재로 태어난 우리는 누군가 끊임없이 안아주고, 감싸주고, 씻겨주고, 토닥여주고, 쓰다듬어주어야 생존할 수 있다.

온몸을 감싸고 있는 피부의 접촉에 의해 만들어지는 이 다양한 촉감은 실제로 생명체의 발달과 기능을 자극하고 활성화하며, 가장 근본적인 차원에서 지속적인 성장을 유도한다. 그런 의미에서 촉감은 무엇보다도 우리 뼛속 깊이 새겨진 '안전하다는 증거'이고 '씩씩하게 잘 자라거라'라는 부드러운 응원이다. 발이 땅에 닿아야 안심하고 움직일 수 있는 것처럼 촉감이 안정적으로 제공되어야 우리는 비로소 성장할 수 있다. "신체 접촉은 '나'와 '타자'의 차이, 나의 외부에 누군가, 엄마가 있을 수 있음을 가르쳐준다. (…) 신체 접촉은 햇볕만큼이나 중요하다"*라는 말도 그런 의미에서 되새겨볼 만하다. 어른이 되어서도 촉감의 중요성은 부인할 수 없다. 사랑을 주고받을 의미있는 타인이 없는 삶을 과연 상상할 수 있을까? 나와 타인의 접촉이 만들어내는 촉감은 나 말고 나를 사랑해주는 타인이 내 곁에 가까이 있다는 말이기에 모든 생명의 근원이 되는 햇볕만큼이나 중요하다.

이런 맥락에서 유혜빈의 시적 화자에게 '촉감'은 타인과 같이 있다는 증거이고, 그것은 곧 안심할 수 있다는 신호이

* 다이앤 애커먼『감각의 박물학』, 백영미 옮김, 작가정신 2004, 122~23면.

며, 보호받고 사랑받고 있음을 알려주는 로맨틱한 속삭임이다. 예를 들어 "구름을만질수있다면얼마나좋을까?/구름을만질수있다면얼마나좋을까?/구름을피울수있다면얼마나좋을까?/구름을만질수있다면얼마나좋을까//낮에는 움직이는 구름을 보았지/창밖엔 커다란 구름과 이파리들"(「구름과 나」)과 같은 독특한 작품은 어떤가. 이 시에서 강조점은 구름 자체가 아니라 구름을 "만질수있다면"에 찍혀 있다고 할 수 있다. '나'와는 거리를 두고서 저 먼 하늘에 떠가는 '구름'을 만약 '내'가 '만질 수 있다면', 그것이야말로 정말 행복한 일인 것이다. 이 단순한 소망을 반복적인 문장에 담아 써낸 평화롭고 동화 같은 소품이 바로 「구름과 나」 같은 작품이다. 촉감을 주요 배경이나 기원으로 활용하는 작품들의 영역에서 유혜빈의 시적 세계는 상상력의 폭이 넓어지고, 더 다양한 이미지들로 채색되며, 자연스러운 도취와 생명력을 드러내면서 언어들은 한껏 싱그러워진다.

여름은 사랑이 자라기 좋은 계절 아니던가. (⋯) 강아지는 땀을 뻘뻘 흘리며 윤오의 머리맡에 등을 기대 잠들어 있고, 윤오의 머리 위일지 하늘 위일지 모르는 그 위로 윤오의 기억들이 순서 없이, 두서없이 흘러가고 있다. 그 어느 것도 윤오 아닌 것 없고, 어느 것도 윤오랄 것 없는 기억들이었다. 그저 지금 윤오는 이마를 간지럽히는 머리칼의 흩날림, 대자리의 딱딱하고 시원한, 강아지의 두근거리는 심장 소리.

———「8월」부분

그건 정말이지

한 사람이 한 사람을 잠들도록
한 사람이 아무도 모르게 잠들 수 있도록
이마를 쓰다듬어주는 일이야

늦은 여름 아침에 누워
새벽을 홀딱 적신 뒤에야
스르르 잠들고자 할 때

너의 소원대로 스르르
잠들 수 있게 되는 날에는

저 먼 곳에서
너는 잠깐 잊어버리고
자기의 일을 열심히 하고 있는 사람이 하나 있는데

그 한 사람이 너를 잠들게 하는 것이라는 걸
멀리서 너의 이마를 아주 오래 쓰다듬고 있다는 걸

아무래도 너는 모르는 게 좋겠지

──「낮게 부는 바람」 전문

두 편의 작품 모두 촉감이 중요한 감각으로 활용되고 있다. 「8월」에서 화자는 '윤오'라는 인물을 통해 처음에는 윤오에게 사랑이나 열매 같은 것은 없을 것으로 추측한다. 하지만 시의 후반부로 접어들면서 윤오의 머리맡에 등을 "기대" 잠든 강아지, 이마를 "간지럽히는" 머리칼, 대자리의 "딱딱하고 시원한" 촉감에 기대어 사랑의 가능성을 타진해 본다. 「낮게 부는 바람」은 또 어떤가. 아마도 새벽까지 잠을 못 이루다가 아침이 되어 어디선가 낮게 부는 바람을 느낄 때, 화자는 그것을 "한 사람이 아무도 모르게 잠들 수 있도록/이마를 쓰다듬어주는 일"로 감각하는 것 같다. 낮은 바람은 어쩌면 화자를 사랑하는 누군가의 소중한 마음이 이곳에 당도하여 펼쳐내는 마법 같은 감각일 수 있는 것이다. 멀었던 두 사람의 거리는 바람의 촉감으로 극복하고, 자신을 쓰다듬어주는 누군가가 존재한다는 상상은 평화로움을 불러온다. 오랜 불면증에 시달렸던 화자는 유년의 기억이나 꿈의 침범 없이 "스르르" 잠이 든다. 이처럼 달콤한 잠이 또 어디 있을까.

촉감은 '나와 타인'의 관계만이 아니라 '나와 나'의 관계에서도 작동한다. 과거의 기억으로 고통받던 화자의 내면도 문득 "아주 오래된 내가 있어 거리를 헤매다 돌아온 날은 아주 오래된 내가 나를 맞아주고 있어 (…) 언니 여기 또 울고 왔네, 하고 안아주었지 (…) 나를 다 알아주는 건 너뿐이야, (…) 언니는 아주 잠깐 포근하다 밤새도록 언니의 이마를 쓰다듬는 꿈속에서"(「BIRD FEEDING」)와 같은 구절에서 위로를 얻는다. '현재의 내'가 '과거의 어린 나'에게 위로받는 이런 장면. 울면서 거리를 헤매다 들어온 '지금의 나'를 '어린 내'가 안아주고, 새에게 조금씩 먹이를 주듯 마음이 가라앉을 때까지 '머리를 쓰다듬어'주는 이런 장면.

슬픔의 막바지에 이른 사람은 자신을 위로해줄 만한 의미 있는 타인을 생각해낼 수 없을 때, 마침내 자신을 둘로 쪼개어 스스로를 위로하기도 한다. 우리는 유혜빈의 저 문장들을 읽을 때 아무 설명이 없어도 알 것 같은 심정이 되어 고개를 끄덕일 수밖에 없다. 해설을 준비하는 동안 이 시집의 제목이 '밤새도록 이마를 쓰다듬는 꿈속에서'로 정해졌다는 이야기를 들었을 때 '아 잘됐어, 시집에 꼭 맞는 제목이야' 생각하며 좋아했다. 아련하고 슬픈 마음으로. 또한 그렁그렁한 마음을 다독이는 심정이 되어. 이마를, 쓰다듬는, 꿈,이라니. 그것도 밤새도록. 두 사람 같은 한 사람. 한 사람이지만 두 사람이라면 좋을 것 같은 이런 꿈. 여기서도 중요한 것은 '이마를 쓰다듬는' 촉감이다. 실수를 했을 때 우리는 두 손으로 머리를 감싸쥔다. 무의식적으로 내가 나 자신을 쓰다듬으며 위로하는 것이다. 밤새도록 자신의 이마를 쓰다듬는 상상을 하며 '괜찮아. 겁내지 마. 다 잘될 거야'라고 스스

135

로를 위로하는 것 같다. 그 마음에 이 시집을 읽는 우리도 위로받는다. 이런 대목은 앞으로 유혜빈의 감각이 현실성을 잃지 않고 더욱 풍요롭게 발전해나갈 수 있는 중요한 시적 동력이라고 우리는 생각한다.

5. 자유를 위한 차분한 용기

유혜빈의 시적 화자는 타인을 대할 때 늘 조심스럽고 섬세하며 부드럽다. 이러한 태도가 타인뿐 아니라 다양한 사물들과 관계할 때 특유의 온화하고 풍요로운 감각으로 나타난다는 점이 놀랍고 신비롭다. 과도한 힘으로 대상이나 타인을 변형시키기보다는 원래의 모습을 최대한 살리는 방식으로 존재를 지켜내며 관계를 맺는다고 할까. 이것은 아마도 홀로 남겨지지 않기 위해 "길게 말해도 당신의/기분을 거스르지 않을까요,//점점 길게 말해도 괜찮을까요."(「여기까지 접는 선」)에서처럼 늘 상대의 기분을 먼저 살피고 조심하면서 나를 상대에게 맞추는 성향이 만들어낸 의도치 않은 개성일 것이다. 즉, 유혜빈의 시적 화자는 타인과 세계를 향해 예민하게 개방되어 있으며, 더 말하고 싶은 것이 있어도 절제하며 차라리 속으로 감내하는 쪽을 선택하고, 약자의 시선으로 이 세계의 부조리를 감지하는 일에 적극적이며, 이를 세계를 재구성하는 힘으로 전환하는 일에도 꿈을 갖고 있다.

'선량하다'고 말할 수밖에 없는 이런 대목이 우리를 담담한 감동으로 이끈다. 예를 들어 "적당히만 말하고 싶어. 아니면 작게만 말하고 싶어. 세상의 자그마한 누군가에게만 못된 말이나. 묘하게 으스대는 말은 하고 싶지 않아. 은근히 모르는 척하는 말도 딱히 하고 싶지 않아.//아름답고 싶어. 아름다운 것을 보고 싶어. 아름다워지고 싶어서 행동하고 싶어. 눈에 띄지 않는 조용한 용기를 가지고 싶어."(「마시멜로우 시리얼」)와 같은 구절에 머물다보면 타인의 약점이나 상처를 건드리는 못된 말 대신 오직 아름다움을 위해 살고 싶다는 화자의 결심을 확인하게 된다. 아름답고 싶고, 아름다운 것을 보고 싶고, 그래서 거기에 어울리는 행동을 하다보면 우리도 바뀔 수 있지 않을까? 세상을 바꾸지는 못하더라도 몇 사람은 바꾸게 할 수 있지 않을까? 그런 맥락에서 "눈에 띄지 않는 조용한 용기를 가지고 싶"다는 말은 이번 시집에서 두고두고 잊히지 않는 인상적인 다짐으로 다가온다. 차분하고 조용하게 펼치는 용기. 누구를 공격하거나 다치게 하지 않고, 내 존재를 과시하거나 강요하지 않으면서도 존재의 아름다움을 지켜나감으로써 주변을 바꾸어나갈 수 있는 용기. 여기까지 접으라고 표시된 선을 보고 무조건 수긍하기만 하는 것이 아니라 "더는 짧아지고 싶지 않아요"(「여기까지 접는 선」)라고 한걸음 더 나아가서 이제는 말할 수 있는 용기. 여기에 이르기까지 오랜 시간이 걸렸지만 유혜빈의 시적 화자는 이 의지를 결코 포기하지 않을 것 같다.

결국 이번 시집의 4부에 「자유가 있는 숲길」 연작을 배치하였다는 것은 첫 시집의 고심이 담긴 선택이라 말할 수 있다. "이 숲은//아주 빨갛고//노랗고//주황색이 많은 숲이에요. 마른 잎이 널려 있고 그 위로 아주 작은 불씨가 타오르는 숲,이에요. 수도 없이 많은 불씨가 붉게 타오르고 있는 숲이에요.//(…) 조금의 바람만 있으면 불씨는 꺼지지 않는다는 것을 배워가요."(「자유가 있는 숲길 1」)와 같은 문장들을 보라. 화자는 '불 이미지'에 기대어, 자신은 그 자리에 멈추어 선 사람이 아니라 빨갛고 노란, 혹은 주황빛을 가진 다채로운 불씨임을 드러낸다. 앞서 시간의 균열을 드러냈던 능소화 넝쿨은 이제 새로운 세계를 열어낼 불씨의 넝쿨이라고 말해도 좋지 않을까. 떨어진 능소화 봉오리는 작은 바람에도 피어오를 자유의 불씨이다.

이제 자유가 있는 숲은 언제 어떻게 불타오를지 모를 숲으로 변모한다. 화자는 바람을 타고 불씨를 키워가며 자신이 계속해서 달라질 것임을, 타인의 억압적 규정이 만들어낸 '과거의 선'을 넘고 또다른 '미주'가 될 것임을 선언한다. "나는 불의 시간이야//타오르는 모양은 바람의 모습이야/흩날리는 불씨의 시시각각/그건 나의 얼굴이야"(「자유가 있는 숲길 2」). 이 젊은 시인이 열어나갈 세계가 궁금해진다. 그 세계를 향해 유혜빈은 '차분한 용기'를 가지고 나아갈 것이다.

'밤새도록 이마를 쓰다듬는 꿈속'에서 점점 더 아름다워지기를 소망하며. 우리가 능히 서로에게 그런 존재가 되어주기를 바라면서.

朴相守 | 시인·문학평론가

발로나 코코아
동그란 귤
꽃마리의 모양
살아 기도하는 기쁨과
흐르는 물
뭉게구름 아래
여름의 모든 것
당신의 휘파람
파란 눈 강아지의
사랑으로 말린 꼬리
오후의 햇살을 머금은
황금빛 이파리들

사랑은 어디에나 있다

2022년 8월
유혜빈

140